KB071141

얼레와 어금니

책 만 드 는 집
시인선 064

얼레와 어금니

이
정
원

시
집

책만드는집

늦깎이에 시조단에 입문하여 세 번째 시집을 엮는다.

시조는 3장의 형식에 압축과 운율의 묘미가 살아 숨 쉬는 우리 고유의 '민족률'이 아니던가.

비록 늦은 시작이지만 생이 다하는 날까지 사물놀이처럼 호흡과 감정의 일치로 신 나는 한국의 멋을 시조를 통해 깊게 음미해보고 또 발산하고 싶다.

10년을 하루같이 펜을 놓으려는 나를, 곁에서 추스르며 격려해준 아내 홍오선 시인께도 순정한 눈길을 보낸다.

희수喜壽 기념으로 내는 이 시집이 사랑과 건강과 행복을 가져다주길 빌면서 출판비를 부담해준 아들 내외에게 고마운 마음을 얹는다.

―2015년 1월

선정릉에서 이정원

| 차례 |

1부   공손한 봄

2부   스위시에 말을 걸다

3부   인사도 없이

4부 　 물음표

1부

공손한 봄

한 수 위

살아온 발자취에
그어보는 밑줄 한 줄

지난날이 매달려서
스스로를 추슬러도

마음을 비우는 일이
빈손보다 한 수 위다.

얼레와 어금니

사는 일 부대끼며 얼레를 풀다 보니

내 천川 자 주름 위에 한 생애가 지나간다

삭아야 길을 내는가 어금니 같은 나의 기도.

공손한 봄

엊저녁 해 질 무렵 수런대던 목련꽃이
이 아침 내 눈빛에 활짝 꽃을 피웠다
세월도 현기증을 앓나, 발끝이 공손하다

워낭 소리 누렁 암소 가쁜 숨 내려놓고
풀 뜯는 둔덕까지 하늘을 끌고 왔나
묵정밭 쟁기 아래로 실비가 촉촉하다.

박카스 사세요

헐거워진 나이테를
다시 한 번 닦아가며

파고다 공원 골목
화장 짙은 할머니 몇

앞보다
뒤가 서러운 걸
오늘에야 알았다.

일몰

아직도 지상에는 잔상이 남았는가

한 생애가 멎은 듯 온 세상이 고요하고

해거름 서산 너머로 추임새도 함께 진다.

철없다

1

눈여겨 살펴보면 계절이 철이 없어
가을의 코스모스가 한여름에 한창이다
그 무슨 사연이 있어 등불 먼저 켜 드는가

가을이 돌아오면 그때는 어쩔거나
세월을 잘못 읽어 미리 폈다 변명할까
제철이 오고 나서야 소외된 듯 서럽겠지.

2

기후가 아열대화 하여 서울에서 제주를 본다
세상이 어수선하니 계절도 오락가락
정치권 닮았나 보다 아무 때나 헤매는 게

봄 여름 가을 겨울 모두 때가 있는 건데
세월이 정신을 놨나 철없이 뒤죽박죽
나마저 삼복더위에 눈보라를 그린다.

꽃과 낮달
−제주 4·3에 부쳐

한라산 어느 둔덕 어혈로 핀 철쭉꽃

옛 아픔 모르는지 앞장서서 뽐내지만

낮달은 그날의 아우성 베어 물고 떠 있다

어제를 잠재우고 고쳐 매는 옷고름에

자의 반 타의 반 비릿한 오열 소리

해마다 그 아픔 딛고 초록은 피어난다.

쪽지 한 장

진도 팽목항에
나부끼는 노란 리본

가난해도 행복했는데
이젠 네가 가고 없으니,

가난만
남아 있다고
비에 젖은 쪽지 한 장.

일갈—喝

바둑은 한 집 싸움, 이기면 그만인데
만방으로 이기려고 욕심을 부리다가
거꾸로 대마가 잡혀 두 손 들고 말았네

사람이 산다는 건 한 수와의 싸움인데
손쉬운 지름길이 하마 그리 많겠는가
버겁고 무모한 미련이 승패를 가르네

마음을 비우는 일 삶을 사는 지표이듯
아생연후살타我生然後殺他*란 말 인간사 기본인데
선조님 깊고 깊은 그 뜻 이제야 철이 든다.

* 자기가 먼저 살고 나서 상대방을 잡으라는 말.

강남에 사십니까?

테헤란로 한복판에 장승처럼 우뚝 서면

처음 본 서울인 양 눈높이가 달라진다

가벼운 주머니 사정 혼자서 헤아리며

나도 잊고 너도 잊고 잠시 모두 잊으면서

내 핏줄 소중한 걸 모여 사니 알 것 같아

새하얀 젖니가 돋듯 집 한 채가 윤을 낸다.

바라춤 묵언黙言

큰스님 독경 소리에 귀를 여는 보문사 길
파도가 일렁이며 연꽃처럼 몸을 열고
그 와불, 해상 관음상 그 섬이 받쳐 든다

천년을 등에 지고 탑돌이 하는 중생
욕심을 비우라고 숨이 가쁜 오르막길
단풍도 제 몸을 굴려 삼보일배 하고 있다

오다가다 스친 인연 불씨 한 점 살아나서
간절한 법문 담아 풀어놓는 한 줌 정토
바라춤 버거운 묵언이 염주 알에 여문다.

바람으로 눕고 싶다

가쁜 숨 몰아쉬며 밤을 밝혀 드는 호롱
생피처럼 녹은 세월 한 꺼풀씩 벗겨보면
서러워 못다 채운 잔 오열 가득 고여 있다

손사래 쳐가면서 지난날을 잘라내도
옹이로 박힌 통증 하염없이 도지는 밤
초승달 가슴에 내려 닻으로 박혀 있다

질기디질긴 인연 그래서 분신인가
잊자 하면 잊힐까 봐 못 버리는 아픈 잔상殘像
불현듯 발자국 지우는 바람으로 눕고 싶다.

오늘의 비망록

뒤돌아볼 새 없이 허기지게 달려왔다
때로는 단거리로 때로는 장거리로
세상사 눈 안에 담으려 조리개를 활짝 열고

아무리 아껴 써도 매정하게 가는 시간
가진 것 내려놓고 담은 것 쏟아내어
나마저 짐이 될까 봐 '나'도 털고 가고 싶다.

별똥별

하늘에 빗금 긋고 떨어지는 이별의 밤

이승을 하직하는 누군가의 눈물인가

가슴을 자맥질하는 호곡 소리 들린다

울음도 곱씹으면 낮은 음표 되는 건지

시나브로 접어가는 마지막 악장처럼

가풀막 언덕 위에서 지난날을 지운다.

더운 피

네댓 가지 약봉으로 하루도 거름 없이

끼니를 챙겨 먹듯 하루를 버텨낸다

한 치씩 목숨을 벗는 그림자가 익숙하다

"내가 이룬 업적에서 가장 위대한 것은

살아 있는 것"이라고 말했다던 스티븐 호킹*

나 비록 종합병원이지만 더운 피가 고맙다.

* 루게릭병을 앓고 있는 영국의 유명한 물리학자.

물무늬

속내를 열어놓고 보란 듯이 정좌하면

바람이 흔들어야 비늘처럼 서는 수면

지그시 눈을 감은 채
방점 하나 찍어본다

거울처럼 말간 적요 허공에 가 닿으면

띠를 두른 채로 내게서 멀어지는

수줍은 물살에 기대어
지쳐 눕는 가을 한끝.

혼절

꽃이 피는 소리나 꽃이 지는 소리나

단장斷腸의 아픔은 애시당초 같은 것

생과 사 가르는 길이 종장終章으로 남아 있다

결이 삭은 한 생명을 씨방에 묻어놓고

절명의 느낌표로 또 한 해를 다독인다

고관절 무너져 내려도 내색 않는 10월 하늘.

어떤 정답

왜 왔는지 모르는데 왜 가는지 어찌 알까
기적도 목이 쉬어 가쁜 숨 몰아쉬는 곳
종착역 그쯤에서나 선답禪畓 한 줄 얻으려나

비척대는 오후 한때 금강경 외우느라
정수리 닫아걸고 가슴을 내어주면
화중련火中蓮 돌아앉은 자리, 길 한 줄이 놓인다

서천에 몸을 낮춘 저녁 해가 지고 있다
마지막 남은 노을 제 몸을 불사를 때
홀연히 내리친 죽비 정답은 그때 온다.

2부

스위시에 말을 걸다

클릭
−스위시swish*에 말을 걸다

클릭으로 엮어내는 신비로운 손끝에서

나도 몰래 질러대는 한바탕 환호 소리

동틀 때 명작 한 편을 대어로 낚아챘다.

* 컴퓨터로 갖가지 영상을 만들어내는 프로그램의 일종.

복기復棋
-스위시에 말을 걸다

인생은 연습이 없다
복기만 있을 뿐

흩어진 퍼즐 맞추듯
리메이크업 해보면서

잘못을 짚어보란다
알싸하고 부드럽게

아름다운 유토피아
새순 돋듯 환생하고

봄누에 실을 뽑듯
한 생애가 환해지면

시간에 시위를 당겨
노을 위에 길을 낼까?

최면
　-스위시에 말을 걸다

새살대는 세상사를 눈높이로 앉혀놓고

두 눈을 크게 뜬 채 영혼을 불어 넣어

손끝에 최면을 걸면 삼세三世를 넘나든다.

꽃놀이패
−스위시에 말을 걸다

한여름에 눈 내리는 수묵화도 그려낸다

세상 확, 바꾸는 일 이처럼만 쉽다면야

일상을 갈무리하며 홀로 쓰는 꽃놀이패.

덫

-스위시에 말을 걸다

이건 분명 함정이다, 한 편의 노름 같은

알고도 빠져드는 개울 같은 유혹의 늪

하기야 세상만사가 유혹의 덫 아니겠나.

간이역

달그림자 동행하는
거기 그리운 곳

젖은 손수건을
말없이 흔들던 그니

적막한 낙엽만 진다
파장처럼 쓸쓸하다.

능소화 지다

혀 속에 날을 세운 자객의 칼끝 아래

두 눈이 다 멀도록 뜨건 피를 쏟더라도

먼발치 어리는 모습에 까치발 딛고 선.

가을 첫 마음

세라복 하얀 칼라
곱게 땋은 갈래머리

길섶 따라 영근 가을
자분자분 밟고 가던

그 소녀
귓불만큼이나
더욱 붉던 고추잠자리

짝사랑 애만 타서
뜬눈으로 밤 밝히며

새도록 연습한 말
바람 편에 날려 보낸

아직도

그 갈림길엔
내 목소리 남았을까?

홀로 아리랑

호수에 뜬 달처럼 수심이 가득하다

촘촘히 박혀 있는 그물코 그 사이로

소금 뼈 녹아내리듯 흥건히 고인 고요

무심코 창문 치는 오동잎 지는 밤에

새벽을 질러가는 기러기 떼 죽지 소리

뜨겁게 자맥질하던 첫사랑이 감실댄다

적막은 허수아비, 내장마저 다 빼버린

오싹하게 조여드는 정지된 시간 위로

어머니 부르던 노래 나직하게 들린다.

꽃에게 사랑을 묻다

씨방만 남았어도 꽃으로 피고 싶다

꽃받침만 남았어도 꽃으로 웃고 싶다

꽃대만 남아 있어도 꽃으로 살고 싶다

뿌리까지 다 삭아도 꽃으로 남고 싶은

화살표 방향 따라 언제나 그곳엔 꽃

꽃에게 길을 묻는다, 꽃에게 나를 묻는다.

붉은 눈빛

허공에 줄 올린다, 누가 먼저 손을 놓을까
남은 빈칸 채우기엔 한 소절도 너무 길어
내 먼저
전조등 되어
오는 길 밝히리다

창밖에 여무는 달빛 단장의 아픔일레
얄팍한 허리춤에 밀서 한 장 남겨놓고
한 발짝
앞서 가리니
두 발짝 뒤 오시게

자다 깨어 설핏 본 연리지 당신 얼굴
주름살 언저리에 웃는 내가 앉아 있다
잊힐라,
함께한 세월
등이 마냥 시리다.

초심별곡 初心別曲

부부의 연 맺는 것은 남은 반쪽 채우는 일

첫눈에 담은 잔상 조리개로 조여놓고

눈꺼풀 추켜올리며 몇 번이고 올려 봤다

두 몸이 하나 되어 서리꽃 필 때까지

비익조 한쪽 날개 분신인 양 매어 달고

한 박자 낮춰 온 긴장 외다리는 비켜 갔다.

말춤

눈꽃이 꽃눈인가 꽃눈이 눈꽃인가

길 잃은 계절이 불쑥불쑥 찾아와서

산천은 영문도 모르고 덩달아 말춤 춘다

앞설 때 뒤에 서고 뒤설 때 앞서는 건

누군가가 순리를 거역하고 있다는 말

혼돈이 만삭이 되어 뒤통수가 아리다.

동백꽃 여자

꽃물이 눈물 되는 철부지 앙투아네트*

선혈이 낭자한 꽃 머리 "툭" 떨어져

잠 못 든 흰머리 풀고 붉은 마음 받듭니다.

* 루이 16세의 왕비로, 프랑스 혁명 때 단두대에서 참수당했다. 검은 머리가 하루 사이 흰머리가 되었다는 속설이 전해진다.

자판을 두드리며

하얗게 잊어버린 지난날의 사연들을
자판으로 읽어내는 지금은 새벽 2시
때 묻은 이정표 한 줄 손끝으로 재고 있다

고요도 곰삭으면 은빛 갈채 되는 것을
팽팽한 적막 속에 홀로 우는 밤의 원음
눈물도 사치인 듯싶어 잔기침만 해댄다

자음 모음 일깨워서 즈믄 해를 물질하면
독수리 타법으로 엮어내는 사연들이
분주한 마우스 따라 형광등처럼 깜빡인다.

10월 파로호

단풍은 들까 말까 멈칫멈칫 망설이고

잔물결 각을 세워 비늘로 선 가을 초입

설익은 뭉게구름이 증언하듯 떠 있다

갓 스물 푸른 꿈을 조국 위해 산화할 때

기상나팔 대신 듣는 비목碑木으로 우뚝 서서

자욱한 그날의 포연에 목젖이 싸해온다.

탁류

지금 비록 탁하지만 푸르던 다뉴브 강

슈트라우스의 오선지엔 강심江心이 출렁이고

화려한 드레스 자락에 넋을 잃던 옛 기사들

강변의 중세 고풍 이방인의 눈길 끌지만

선율은 간데없고 흐려진 눈물의 강

녹이 슨 바이올린 한 줄 잠긴 목이 애처롭다.

3부
인사도 없이

분꽃, 당신

우듬지 그 너머로 쏟아내는 꽃물처럼

퇴근길 기다리던 분단장 당신 모습

무심코
터뜨린 향내
그렇게 시詩는 온다

저물녘 울타리 아래 반겨주는 환한 웃음

삼색 미소 번지듯이 저녁노을 곧추선다

살며시
이마에 닿는
내 그리운 노스탤지어.

봄, 옹알이

양지 녘 삽살개가 하품 연신 해대다가

도랑물 그 안으로 마른 혀를 집어넣고

오는 봄 마중하느라 할짝할짝 핥아댄다

툇마루 댓돌 위로 샛바람이 올라선다

삽살문 비집고 온 상큼한 봄 내음에

병아리 삐악거리며 말문을 트고 있다.

까치집

은하에 다리 놓던
까치 모두 어디 가고

따습던 보금자리에
삭정이만 남았는가

능선에
달무리 일자
환히 뜨는 오작교여.

업경대業鏡臺*를 돌려놓다

늙은 소는 멍에 멘 채 채찍으로 길들이고

종소리는 더 아파야 멀리까지 간다지만

오늘도 할 일 없는 나, 업경대를 돌려놨다.

* 살아생전 쌓아놓은 업의 총량이 얼마나 되는지 영혼을 비춰보는 절에
  있는 거울.

인사도 없이

입덧을 하느라고 만산에 토한 꽃잎

그렁그렁 끌어안고 애련하게 보듬더니

연둣빛 고운 신록이 고조곤히 몰고 간다

자울자울 졸고 있던 천년목千年木 한 그루가

나이테 헤아리며 덧·뺄셈 분주할 때

4월은 인사도 없이 꽃받침을 흔든다.

봄의 생채기

꽃눈이 내릴 때면
샛바람도 선잠 깬다

해마다 꺼내 보는
빛바랜 사진처럼

온몸에 물수제비뜨듯
번져가는 흰 버짐.

산수유

간밤의 는개 속에 실눈 뜬 어린 망울

노릇노릇 여린 속살 튀밥처럼 부풀더니

온 산이 흐드러진다, 절명시 터뜨리듯

가지마다 매어 달린 병아리 부리 맞춤

흩날리는 봄 향기에 취해 누운 3월 낮달

네 빛깔 꽃 같던 시절 꽃술 위에 앉았다.

이른 봄

쪽문으로 오셨나요
기척도 없었는데

복수초 빙점 아래
꽃망울 터뜨릴 때

얼음장
머리에 인 채
산통産痛 앓고 나온 떡잎.

고양이

유록빛 새싹들이 그리움을 밀어 올려

겨우내 참았던 숨 감실감실 토해내자

은밀히 연통을 트며 벙글은 봄, 저 민낯

꽃샘추위 걷어내고 한숨 돌린 빈 뜨락에

화들짝 눈빛 풀어 출석 한 줄 긋고 난 후

사립문 반쯤 열고서 질러오는 봄 발자국.

며느리밥풀꽃

여린 속살 꼭꼭 여며 젖몸살을 앓을 때
바람을 감아올려 묵상으로 여민 합장
두 인연 에움길에서 등을 돌린 불협화음

무심코 뱉은 말이 대못으로 박혀 와서
행주치마 감아쥔 손 멀미로 아찔할 제
가슴을 달랠 길 없어 퍼 올리는 눈물 한 줌

한 번쯤 생각하고 두 번쯤 참는다면
갈등도 묽어져서 새순으로 돋는 것을
입술 위 밥풀 두 알이 눈 뜬 채로 굳었다.

일회용 시계

행여나 눈길 줄까 기침 소리 높여봐도

미운털 박혔는지 공양 한술 어림없네

아파도 고쳐줄 마음 애시당초 없었다

분신처럼 동행하며 한땐 총애받았는데

일용할 양식 없이 서랍 구석 내 차지다

이제는 어찌할까나 쓸모없는 이 설움을.

단풍에게

늦가을 정수리에
진액을 쏟아놓고

한 생애 여의는 슬픔
가지마다 널어놓고

제 힘을
모두 내리고
철이 드는 너의 빛깔.

겨울 백송

폭설도 찬 바람도
양어깨로 버텨내며

명줄 같은 숨소리를
가만 낮춰 내뱉으며

버거운
삼동三冬 하늘을
온몸으로 이고 있다.

오세암에서

설악이 걸어 나와 죽비를 치켜든다
는개 속 장삼 자락 세속을 털어내며
산자락 끌고 내려와 고고하게 내리친다

누워도 일어서는 대쪽 같은 성품으로
명상의 나무 되어 올리는 기도인가
미간에 어룽지는 말, 맨살에 꽃이 핀다

가슴을 내어주던 어미의 사랑으로
관음보살 품에 들어 성불을 이룬 아미
민머리 하늘로 세우자 맑은 눈빛 환하다.

배롱나무

누구를 기다리며
꽃등을 켜놓는지

석 달 열흘 쏟는 꽃물
마파람 저 보조개

까르르 간지럼 타며
초이레 달 웃고 있다.

여름 한 점

경동시장 거닐다가 낯익은 오디를 본다

발걸음 멈춘 자리 몇 번이고 눈길 줄 때

새까만 입술 언저리에 고향길이 놓인다

흙냄새 수런대는 논둑길 뛰어놀 때

주춤대는 청개구리 파란 하늘 등에 이고

해맑은 눈망울 굴리며 베어 물던 여름 한 점.

주산지에서

시나브로 곰이 삭은 속살은 감춰두고

어렴풋한 물안개에 등걸만 내보이는

천년목 뒤척이는 소리
명치끝이 아리다

아픈 몸 돌아눕다 다시 한 번 도졌는지

뭇사람 지난 자리 상처뿐인 각질인지

비경祕境도 서러운 지금
지난날을 추스른다.

4부

물음표

노을 지다

옥색 치마 받쳐 입던
어머니 자색 저고리

저처럼 고왔다는
생각에도 찡한 눈 끝

새색시
붉은 자태가
서녘에 아롱지다.

낫과 하현달

잉걸불에 달구어진 무쇠를 올려놓고
쌍메로 두들기던 대장간의 조선낫을
소중히 망태에 담아 돌아오신 할아버지

한 뼘 땅도 아껴 쓰던 60년 전 그 세월에
숫돌에 날을 벼려 서슬이 파래진 낫
가난을 끊으시느라 숨도 크게 못 쉬던

칼날이 무뎌지면 땀을 부어 날 세우다
고단한 하루 짐을 윗목에다 놓으실 때
서녘에 무쇠 낫 하나 하현달로 걸려 있다.

보릿고개

필리리, 보리피리 저물녘을 물질할 때
때맞춰 찾아오는 공복을 달래준다
가늘던 허리를 펴면 눈에 선한 고봉밥

입술과 입술 사이 허기를 세워놓고
기나긴 하루해를 주린 배로 보내는 일
고달픈 아버지 어깨가 자꾸만 낮아지던

가난을 절구에 넣고 허물을 벗기느라
어머니 긴긴 여름 옹이 박힌 손바닥에
청보리 대궁을 올려 꿈이 익던 보리밭.

백양로를 지나며

십오 년이 지나도 백양로 그대로다

배낭을 울러 메고 오르내린 그 길을

이어폰 귀에 꽂고서 저만치 네가 간다

살았으면 너에게도 애들 둘은 딸렸겠지

'춘래불춘래春來不春來'라는 그 말씀에 멍이 든다

애비도 천륜이라서 솟구치는 피울음이.

부부

단칼에 무를 베듯 연민을 뚝뚝 잘라
다시는 안 볼 듯이 질겅질겅 씹어 삼켰다
식탁 위 오가는 눈싸움 인두처럼 벌겋다

비익조 고운 인연 남은 생도 동행인데
손잡아도 아쉬운 삶 등 돌리고 살 것인가
그래도 화가 안 풀려 컴퓨터만 두들겼다

부부 십계명 중 맴맴 도는 열 번째 구절
"처음 연애하던 그때처럼 살아가라"
살며시 안방 문 열자 아내도 눈을 떴다.

엘리제를 위하여*

네 손때 가득 묻은 마란츠** 고쳐 오던 날

속으로 불러본다 가슴에 묻은 이름 석 자

행여나 하늘에 닿을까 남쪽 문 열어놓고

삼십 년 된 고물이라 내장內臟 모두 꺼내 갈고

마음속 사포질로 닦아보는 이 저녁

영원히 이십팔 세인 엘리제를 위하여.

* 아들이 즐겨 치던 피아노곡.
** 독일제 앰프.

장미의 하루

진초록 내보이며 찾아오는 오월 앞에

통째로 설레는 마음 보여주고 싶은 날엔

목울대 한 치쯤 열어 붉은 꽃을 피웠지요

장충공원 올레길에 곱게 깔린 장미 향이

무시로 입언저리 연지처럼 묻어와서

사랑도 어질머리 앓나, 새도록 뒤척였죠.

정월에

한평생 내리사랑 속으로만 보듬으신

여섯 폭 치맛단에 굽이굽이 서린 설움

한 많고 고달픈 참회록 몰래 쓰던 어머니.

할아버지의 달

하루해를 놓아주고 저녁놀 친구 삼아

귀갓길 지게 가득 달을 지고 돌아올 때

구수한 소여물 냄새 향내처럼 달여지고

할아버지 달밤에도 자갈밭 일구시다

달 한쪽 베어 물어 허기 조금 채우시던

행여나 그런 일 있던 줄 누가 알까 숨기셨지.

고향집 생각

산들이 내려와서 울타리로 둘러앉아
모락모락 연기 나는 하늘 아래 집이 한 채
어머니 부지깽이 소리에 귀를 여는 동구 밖

날마다 부산하게 별을 이고 집 나서고
여명 속에 밝아오는 고갯길을 오르내리며
괴춤을 추켜올리던 등하굣길 오십 리

여섯 해를 하루같이 푸른 꿈을 꿰어 차고
뉘라 먼저 할 것 없이 걷고 뛰던 우리 남매
어머니, 환히 부르며 다시 갈 수 있다면….

옥잠화 단상

철부지 어렸을 적 어머니의 은비녀를
옥비녀로 바꿔드린다 호기를 부렸을 때
그때도 귀를 세우고 내 말을 엿들었지?

효자 노릇 하겠다던 어린 날 그 약속을
처자식 돌보느라 어머니를 밀어낸 죄
가슴에 옹이가 되어 해마다 꽃사태다

바위틈에 대궁 올린 순백의 내리사랑
한 떨기 꽃으로 핀 어머니 흰 가르마
넌지시 나를 보신다, 은비녀 쪽 찐 머리로.

꿈길

지나온 길 돌아보며 물음표를 던져본다
어쩌면 한두 군데 선명한 곳 있으련만
일몰 전 몸부림인지 노을빛만 처연하다

뜬눈으로 지새워도 마음 이리 아린 것은
이 새벽 어디선가 눈물로 꽃잎 지듯
무릎을 접을 때마다 오금마저 저리다

꿈속에 걷던 그 길, 곁눈질로 흘겨봐도
부려놓고 가야 할 건 저물지 않는 모습
아직도 머뭇거린다, 올 듯도 한 네 그림자.

박꽃

홀로서기 외로워서 눈물 찔끔 글썽이며

화두를 놓친 자리 들어 올린 꽃잎인가

딸아이 면사포처럼 애련하다, 뒷모습

첫날밤 간직했던 야래향을 피우는가

꽃무덤 여무는 밤에 탯줄을 자르더니

뼘가웃 더 낮은 곳에 보름달로 앉았다.

물음표

이름 석 자 싣고 가는 마른 가슴 예 있다
연민의 정 거둬 가는 처량한 요령 소리
할미꽃 허리를 숙여 가는 길을 배웅한다

눈물 젖은 피붙이들 볼모로 남겨두고
앞만 보고 걸어가는 구만리 아득한 길
마지막 감아쥔 끈이 천근처럼 무겁다

못다 한 우리 얘기 눈썹달에 걸어놓고
앙상한 2월 나무 회한을 추스르며
여섯 자 좁은 유택幽宅에 물음표로 눕는다.

눈물 꽃잎

늦은 봄 고샅길에서 눈물 밴 꽃잎을 본다

아슴푸레 꽃 지는 소리 한쪽 귀로 모아가며

또 한쪽 귀를 열고서 어둔 바람길 새겨듣네

삶이란 애시당초 소실점을 건너는 것

마지막 남은 단추 애긋게 풀어갈 때

너마저 내 몸을 지져 문신 한 점 남기네.

마지막 2월

팽팽한 너의 끈을 풀어내는 마지막 밤

꼭 잡은 손일랑은 이제 놓고 살펴가라

해마다 찾아온 눈빛 이쯤에서 접으련다

생전에 못 따라준 술 한잔 받고 가라

대못으로 박혀 있는 숱한 그 시간들

내생에 다시 만나거든 술 한잔 따라주련.

* 2013. 2. 23. 아들의 마지막 제사를 마치며.

그믐달

너를 향한 보고픔에
무작정 다는 댓글

한 줄 한 줄 쓰다 보면
그리움만 수척해져

핼쑥한
그믐달 같은
네 뒷모습 어린다.

정형 속에 담긴 근원적 가치와 사랑의 미학

유성호 **문학평론가 · 한양대 교수**

1. 서정의 원리와 정형 양식

서정시는 지나온 시간에 대한 각별한 경험을 기억하고 구성하는 양식적 특성을 지닌다. 그만큼 서정시는 다양한 기억의 양상을 다루면서, 우리로 하여금 오랜 기억의 원리를 따라 삶의 근원에 대한 상상적 경험을 치르게 한다. 그것이 바로 서정의 본질적인 원리이다. 특별히 우리 고유의 양식인 현대시조는, 스케일이 큰 우주적 상상력으로부터 소소하고 미세한 사물들의 움직임에 이르는 다양한 시적 경험을 불가피한 정형의 울타리 안에 담음으로써 이러한 서정의 원리를 한껏 충족한다. 또한 이른바 '충만한 현재형'에서 구축되는 순간적 정서를 두루 경험하게끔 한다. 그 경험과 정서가 정형 안에 잘 갈무리됨으로써 우리는 해체 지향의 시대를 살아가면서도 잘 짜인 고전적 감각을 경험할 수 있게 되고, 인간의 원초적이고 미분화된 정서와 통합적인 삶의 이치를 경험할 수 있게 되는 것이다. 이때 우리는 정형이라는 것이 자유로운 시상을 가로막는 불필요한 장애물이 아니라, 그러한 형식을 통해서만 미학적 성취를 가능케 하는 불가피한 '존재의 집'임을 강조할 수 있다.

이정원 시인의 시편들은 이러한 서정의 원리를 두루 담아내면서, 우리에게 그리움과 따뜻함을 주조로 하는 중용과 위안의 언어를 던져주는 미학적 성과라고 할 수 있다. 특별히 이번 시집은 지난날의 구체적 경험에 대한 생생한 기억과 그 경험을 표현하는 선명한 감각을 통해 깊은 시적 자의식을 표현하고 있다는 점에서, 정형 양식만이 담아낼 수 있는 서정의 원리와 속성을 높은 수준에서 보여주고 있다 할 것이다. 이제 "3장의 형식에 압축과 운율의 묘미가 살아 숨 쉬는"(「시인의 말」) 세계를 남다르게 구현한 시인의 목소리 속으로 천천히 들어가 보도록 하자.

2. 삶의 근원적 가치에 대한 발견과 시화

이정원 시인이 가장 먼저 자신의 시조 미학을 통해 가 닿고 있는 권역은, 삶의 보편적 가치에 대한 깊은 사색에 있다. 가령 그는 자신의 삶이 완성되는 궁극의 지경을 '비우는 것'에 두고 있는데, 그렇게 온 마음을 기울여서 얻은 시편이 다음 작품일 것이다. 비록 짧은 단수이지만, 이 시편에는 이정원 시학이 겨누고 있는 삶의 근원적 가치가 깊이 내장되어 있다고 할 수 있다.

살아온 발자취에
그어보는 밑줄 한 줄

지난날이 매달려서
스스로를 추슬러도

마음을 비우는 일이
빈손보다 한 수 위다.
—「한 수 위」전문

원래 '밑줄'을 긋는다는 것은 그것을 기억하고자 하는 욕망을 반영하는 행위이다. 시인은 스스로 "살아온 발자취"를 기억하고자 '밑줄'이라는 은유를 데려오는데, 그 밑줄을 따라 지난날이 매달려 오고 시인은 스스로를 추슬러본다. 그럼에도 불구하고 "마음을 비우는 일"은 간단치 않아서 언제나 그것은 '빈손'보다 '한 수 위'로 등극하고 만다. 그래서 시인은 "마음을 비우는 일 삶을 사는 지표"(「일갈一喝」)라고 생각하면서 그 비워진 마음으로 세상을 바라본다. 그리하여 그 힘으로 '한 수 위'의 삶이 아득하고도 선연하게 펼쳐지는 장면을 목도하는 것이다. 다음의 두 시편에는 그러한 높은 안목에서 바라본 타자들의 삶과 죽음의 시간이 담겨 있다. 수난의 역사를 연민의 마음으로 노래하는 시인의 목소리가 한결 미덥다.

한라산 어느 둔덕 어혈로 핀 철쭉꽃

옛 아픔 모르는지 앞장서서 뽐내지만

낮달은 그날의 아우성 베어 물고 떠 있다

어제를 잠재우고 고쳐 매는 옷고름에

자의 반 타의 반 비릿한 오열 소리

해마다 그 아픔 딛고 초록은 피어난다.
　　—「꽃과 낮달—제주 4·3에 부쳐」 전문

진도 팽목항에
나부끼는 노란 리본

가난해도 행복했는데
이젠 네가 가고 없으니,

가난만
남아 있다고
비에 젖은 쪽지 한 장.
　　—「쪽지 한 장」 전문

　제주 4·3사건을 배경으로 한 앞의 시편은, 오랜 상처로 남
아 있는 역사의 흔적을 한순간의 서정으로 바꾸어서 노래한

94

결실이다. 한라산에 핀 철쭉의 붉은빛은 아마도 어느 둔덕에 밴 어혈瘀血이 배어난 것일 터이다. 그 안에는 "옛 아픔"이 흥건하게 배어 있고, 그 위로는 "그날의 아우성"을 베어 문 채 낮달이 떠 있다. 붉은색이 피의 얼룩이라면 이제 새롭게 고쳐 매는 옷고름과 "비릿한 오열 소리"는 그 붉고도 아픈 기억을 넘어서는 "초록"으로 피어난다. 붉은 빛깔과 초록 빛깔의 꽃을 애잔하게 에두르고 있는 낮달의 풍경이 벌써 70여 년 전에 일어났던 한 시대의 비극을 조용히 감싸면서 한편으로는 기억하고 한편으로는 치유해가는 모습을 보여준다. 이정원 시인이 견지하는 '한 수 위'의 사유와 감각이 꽃처럼 피어난 시편인 셈이다.

그런가 하면 뒤의 시편은 올해 일어난 세월호 참사를 배경으로 씌었다. 누구에게나 상처의 진원지로 남을 "진도 팽목항에 / 나부끼는 노란 리본"은 연약하고도 정직했던 생명들을 삼켜버린 한순간을 감각적으로 재현한다. 추모와 기억의 지표인 그 노란 리본이야말로 "비에 젖은 쪽지 한 장"으로 남아, 가난했지만 행복했고 부재하지만 영원히 남아 있는 '너'를 표상하고 있다. 하지만 그럼에도 불구하고 '너'는 가고 없으니 이제 가난만 남아 있지 않겠는가. 그 가난이 꼭 물질적인 궁핍만은 아닐 터, 우리는 모든 것을 잃었고, 모든 것을

저 노란 리본처럼 기억해가야 한다. 그래서 시인은 "한 생애가 멎은 듯 온 세상이 고요"(「일몰」)하지만 그 안에서 "어금니 같은 나의 기도"(「얼레와 어금니」)를 바치고 있는 것이다. 지금도 가라앉지 않은 비극적 장면을 시화詩化한 그의 따뜻하고도 젖어 있는 눈길이 아름답기만 하다.

이처럼 이정원 시인은 우리 역사의 비극이라고 할 수 있는 사건들을 정면으로 다루고 있다. 하지만 그의 시편들은 준엄한 고발이나 짙은 현실 참여보다는 사건의 비극성을 온몸으로 공명하고 안아 들이는 폭넓은 감각과 표현으로 시종하고 있다. 그러한 시정신이 그로 하여금 균형과 절제의 시편을 쓰게 하고 있는 것이다. 따라서 그 음역音域은, 광장의 소란함에서 벗어난 고요, 잔잔한 비애, 보편적 가치를 옹호하는 태도로 채워져 있다. 더욱 깊어진 낮은 목소리로 고요하고 쓸쓸한 생의 저지대를 응시하면서 그는 자신의 시 세계가 비극을 딛고 일어서 어딘가에 있을 아득한 근원의 세계를 향해 가야 한다고 믿는 것이다. 따라서 그가 안타까워하는 현실 질서는 의외로 견고하지만, 그가 눈을 들어 바라보는 대안적 표지標識들은 이처럼 절실하고 감동적인 경우가 많다. 그것이 바로 그가 수행하는 삶의 근원적 가치에 대한 발견과 시화인 것이다.

3. 자연 사물의 아름다움

근원적으로 말해, 서정시의 본래적 기능은 새로운 감각의 갱신을 통해 사물의 의미와 본질을 재발견하는 데 있을 것이다. 비록 우리 시대가 인간이 그동안 공들여 축적해왔던 중심적이고 보편적인 가치들이 폭력적으로 폐기되는 때일지라도, 우리는 자연 친화를 통한 생명력의 강조로 나아가는 서정시를 통해 심미적 원형을 사유할 힘을 얻게 되지 않는가. 이정원 시인의 이번 시집은 이러한 자연 친화를 통한 생명력의 강조라는 주제를 택하여, 그것을 가장 투명하고 진솔한 경험적 언어로 들려준다. 그 점에서 그는 서정시가 지나간 시간에 대한 상상적 복원을 통해 배타적 자기 규정성을 지닌다는 점을 분명하게 보여준다. 그 안에서 우리는 잃어버린 시간의 상상적 현재화를 짙게 경험하면서, 언어적 대리 구축의 표현을 강렬하게 경험하는 것이다. 다음 시편은 자연 친화의 성정이 그려낸 아름다운 삽화라고 할 수 있다.

엊저녁 해 질 무렵 수런대던 목련꽃이
이 아침 내 눈빛에 활짝 꽃을 피웠다
세월도 현기증을 앓나, 발끝이 공손하다

워낭 소리 누렁 암소 가쁜 숨 내려놓고
풀 뜯는 둔덕까지 하늘을 끌고 왔나
묵정밭 쟁기 아래로 실비가 촉촉하다.
—「공손한 봄」 전문

　목련꽃은 해 질 무렵부터 부지런히 수런대더니 결국 아침
에 "내 눈빛에 활짝 꽃을" 피워 보여준다. 이때 공손해지는
'발끝'이란 어김없이 피어나는 자연 사물에 대한 화자의 반
응일 수도 있고, 발끝을 들어 올린 채 가득 피어난 "먼발치
어리는 모습에 까치발 딛고 선"(「능소화 지다」) 목련꽃의 모습
일 수도 있겠다. 이러한 공손한 봄 풍경 뒤로 "워낭 소리 누
렁 암소"의 가쁜 숨에는 둔덕과 하늘의 일체감이 겹치고, "묵
정밭 쟁기 아래"로는 촉촉하게 내리는 실비가 아름답게 중첩
된다. 이 봄날의 풍경은 저녁과 아침, 수런댐과 피어남, 노동
과 휴식, 활짝 피어난 꽃과 촉촉하게 내리는 비 등이 여러 장
면에서 보색 효과를 동반하면서 펼쳐져 있다. 그래서 우리는
이 시편을 통해 "가진 것 내려놓고 담은 것 쏟아"(「오늘의 비
망록」)놓는 자연의 힘과 순리를 한껏 느끼게 된다. 그렇게 공
손하게 찾아온 봄을 맞았던 시인의 감각은, 이제 더 깊은 곳
으로 들어가서 자연 사물의 고유한 아우라aura를 순간적으로

붙들어 둔다. 단연 시인의 직능 가운데 으뜸의 역량이요 속
성이 아닐 수 없다.

입덧을 하느라고 만산에 토한 꽃잎

그렁그렁 끌어안고 애련하게 보듬더니

연둣빛 고운 신록이 고조곤히 몰고 간다

자울자울 졸고 있던 천년목千年木 한 그루가

나이테 헤아리며 덧·뺄셈 분주할 때

4월은 인사도 없이 꽃받침을 흔든다.
―「인사도 없이」 전문

속내를 열어놓고 보란 듯이 정좌하면

바람이 흔들어야 비늘처럼 서는 수면

지그시 눈을 감은 채
방점 하나 찍어본다

거울처럼 말간 적요 허공에 가 닿으면

띠를 두른 채로 내게서 멀어지는

수줍은 물살에 기대어
지쳐 눕는 가을 한끝.
―「물무늬」 전문

    4월의 산은 떨어진 꽃잎과 고운 신록이 역시 보색을 이루면서 깊어간다. 입덧하다가 만산에 토하는 과정으로 낙화落花를 묘사한 것이라든지, 그것을 신록이 "그렁그렁 끌어안고 애련하게 보듬"다가 "고조곤히 몰고 간다"든지 하는 묘사는 섬세하고 촘촘하다. '자울자울' 졸던 천년목이 자신의 나이테를 헤아릴 때, 봄날은 그렇게 꽃받침을 흔들면서 함께 있는다. 그런가 하면 뒤의 시편에서 시인은 수면 위로 일렁이는 물무늬를 묘사한다. "바람이 흔들" 때 "비늘처럼" 일어서는 물무늬는 시인이 읽어내는 '수문水文'이자 '파문波紋'일 것이다. 그 물무늬는 마치 "거울처럼 말간 적요"를 안은 채 "수줍은 물살"로 "가을 한끝"을 물들이고 있다. 호숫가에서 "잔물결 각을 세워 비늘로 선 가을 초입"(「10월 파로호」)을 경험한 시인이 "제 힘을 / 모두 내리고 / 철이 드는 너의 빛깔"(「단풍에게」)을 묘사하는 그 힘이 그대로 느껴진다.

우리가 잘 알듯이, 자연 사물의 외관이나 속성은 한동안 그 사물을 규율하다가 시간의 풍화를 겪으면서 차츰 변형되거나 소멸해간다. 하지만 한편으로 우리는 이 소멸 양상들이 또 다른 생성을 준비하는 불가피한 단계라는 것을 잘 알고 있다. 아니, 모든 소멸의 내면에는 생성의 기운이 충실히 잉태되고 있는 것이라고 하는 편이 옳을 것이다. 사람과 사람 사이의 만남과 헤어짐, 정서의 결핍과 충만 등은 사실 한 몸으로 결속되어 있는 두 가지 징후일 뿐이다. 이 모든 것이 우리가 완전하게 고립된 단독자單獨者가 아니라, 소멸 과정을 통해 서로의 몸에 각인되는 상호 결속의 존재임을 알려주는 것이다. 이처럼 이정원 시인은 자연 사물이 견지하는 소멸과 생성의 변증법을 통해 우리 삶의 착실하고도 선연한 은유를 노래하고 있다.

4. 원초적 세계에 대한 사유와 감각

원래 자유시와 정형시 사이에는 엄연한 형식상·내용상의 차이가 존재한다. 그 가운데 내재율과 정형률 사이의 형식적 차이는 선험적 규율로서 존재하는 것이지만, 개인적 서정에 기반을 둔 자유시와 공동체적 정서의 반영에 힘을 기울였던 정형시 사이의 내용적 차이는 경험적이고 역사적인 함의를 띠는 것이다. 따라서 시조에 가해지는 현대성 반영의 요구에는 일정한 제약이 따를 수밖에 없다. '시조'라는 양식 안에 현대성의 첨단인 반反미학의 속성까지 담아낼 수는 없는 일이기 때문이다. 그 점에서 정형시는 자유시와는 전혀 다른 심층적 전언으로 현대성에 응답해야 하는 과제를 떠안고 있다고 할 수 있는데, 이정원 시편 안에는 이러한 시조 양식이 견지해야 하는 조화로운 형식과 심층적 전언이 단단하게 담겨 있다.

그 가운데 우리는 이정원 시편 곳곳에 깃들어 있는 불가적 요소를 만날 수 있다. 물론 그의 시편들이 이른바 '선시'의 형식을 빌리고 있거나, 불교적 명제를 시적으로 번안하고 있는 것은 아니다. 오히려 그는 성聖과 속俗의 경계에서 삶의 깊은 이치를 궁구하는 서정을 단아한 정형 속에 담아내고 있을 뿐이다. 그것이 그가 현대시조 양식을 통해 표출하고자 하는 '시적인 것'의 핵심이 아닐까 한다.

설악이 걸어 나와 죽비를 치켜든다
는개 속 장삼 자락 세속을 털어내며
산자락 끌고 내려와 고고하게 내리친다

누워도 일어서는 대쪽 같은 성품으로
명상의 나무 되어 올리는 기도인가
미간에 어룽지는 말, 맨살에 꽃이 핀다

가슴을 내어주던 어미의 사랑으로
관음보살 품에 들어 성불을 이룬 아미
민머리 하늘로 세우자 맑은 눈빛 환하다.
　　　　　　　　　　　　　　ㅡ「오세암에서」 전문

오세암은 백담사의 부속 암자로서 설악산에 있는 암자 가운데 제일 아늑하며 김시습, 보우 선사, 한용운 등이 거쳐 간 곳으로도 유명하다. 거기서 시인은 '죽비'를 경험한다. '죽비'는 불사를 행할 때 손바닥에 쳐서 소리를 내어 일의 시작과 끝을 알리는 데 쓰는 도구이지만, 인식론적 일침—針을 놓는 깨달음의 도구로도 종종 비유된다. "는개 속 장삼 자락 세속을 털어내"면서 "고고하게 내리"치는 그 '죽비'가 외적인 깨달음의 은유라면, "대쪽 같은 성품으로" 올리는 "명상"이나 "기도"는 내적인 깨달음의 은유일 것이다. 이렇게 "가슴을 내어주던 어미의 사랑"과 "관음보살 품에 들어 성불을 이룬 아미" 등으로 맑은 눈빛의 환한 경험을 하는 시인의 간결하고도 높은 경지가 새삼 돌올하다. 그 간절한 깨달음이야말로 "순리를 거역하고"(「말춤」) 있는 시대를 넘어 "간절한 법문 담아 풀어놓는 한 줌 정토"(「바라춤 묵언黙言」)에 가 닿는 상상적 경험일 것이다. 이러한 깨달음을 존재의 근저根底에 두면서 시인은 꽃에게 길을 묻는 실존적 과정도 정성껏 치러낸다.

씨방만 남았어도 꽃으로 피고 싶다

꽃받침만 남았어도 꽃으로 웃고 싶다

꽃대만 남아 있어도 꽃으로 살고 싶다

뿌리까지 다 삭아도 꽃으로 남고 싶은

화살표 방향 따라 언제나 그곳엔 꽃

꽃에게 길을 묻는다, 꽃에게 나를 묻는다.
　　　　　　　　　　ㅡ「꽃에게 사랑을 묻다」 전문

　'씨방'이나 '꽃받침' 혹은 '꽃대'는 모두 '꽃'을 이루는 구성
요소들이지만, 그것들 가운데 하나만 남았다 하더라도 꽃으
로 피고 웃고 살고 싶다는 것이 시인의 희망이다. 뿌리까지
삭았을지라도 꽃으로 남아 언제나 "그곳엔 꽃"으로 있고 싶
은 것은, 말하자면 오랜 세월이 흐르더라도 삶과 죽음, 성과
속의 경계에서 자신의 존재론적 본질을 잃지 않겠다는 그만
의 선언이기도 하다. 그래서 꽃에게 길을 묻는(問) 과정과 꽃
에게 나를 묻는(問/埋) 과정은 아스라하게 같은 일이면서도
그렇게 서로를 상보적으로 각인하는 반영적 행위가 되기도
한다. 그 과정을 통해 시인은 "앞보다 / 뒤가 서러운 걸 / 오
늘에야 알았다"(「박카스 사세요」)라면서 "삶이란 애시당초 소
실점을 건너는 것"(「눈물 꽃잎」)이란 것도 알게 되었노라고 고
백한다. 그 소실점을 향해 나아갈 때 역설적으로 만나게 되

는 것이 바로 존재론적 기원origin으로서의 '고향'일 것이다.

　경동시장 거닐다가 낯익은 오디를 본다

　발걸음 멈춘 자리 몇 번이고 눈길 줄 때

　새까만 입술 언저리에 고향길이 놓인다

　흙냄새 수런대는 논둑길 뛰어놀 때

　주춤대는 청개구리 파란 하늘 등에 이고

　해맑은 눈망울 굴리며 베어 물던 여름 한 점.
　ー「여름 한 점」 전문

　서울 시내 한복판의 시장에서 우연히 본 "낯익은 오디"를
통해 시인은 "새까만 입술 언저리"에 놓인 고향길을 상상해
본다. "흙냄새 수런대는 논둑길"에서 노닐던 어린 시절, 청개
구리가 자신을 닮은 파란 하늘을 등에 인 채 해맑은 눈망울

을 굴리던 그 여름날이 생각난 것이다. 까만색의 '오디'와 파란색의 '청개구리'나 '하늘'의 선명한 색채가 '여름'이라는 그 옛날 그림 '한 점'을 완성하고 있다. 가장 깊은 근원적 거소居所와 시간을 따라 역류하는 시인의 사유와 감각이 그 안에 그렇게 담겨 있는 것이다.

주지하듯 우리는 불퇴전의 속도가 지배하는 폐허와 불모의 시대에 살고 있다. 이때 우리는 사물을 새롭게 응시하고 발견하는 생성의 시선을 통해, 그러한 불모성에 의해 상실한 근원적 가치들을 새삼 복원할 수 있게 된다. 이정원 시인의 눈에는 사물의 시간 속에서 발견하는 상상적이고 성찰적인 요인들이 두루 담겨 있으며, 그 요인들을 통해 시인은 한편으로는 자신의 존재 확인이라는 고전적 과정을 수행하면서도, 한편으로는 우리의 일상에 편재해 있는 불모성을 치유하고 새로운 소통의 가능성을 꿈꾼다. 그것을 시인은 원초적 사유와 감각으로 수행하고 있는 것이다.

5. 자기 확인으로서의 사랑의 고백록

원래 모든 서정시는 진솔한 자기 고백과 자기 확인을 일차

적이고 궁극적인 창작 동기로 삼는다. 비록 그것이 대對사회적 발언을 겨냥한다 하더라도, 그것은 철저하게 시인 스스로의 자기 다짐을 매개로 언표되는 것이다. 따라서 서정시의 저류底流에는 시인이 오랜 시간 겪은 절실한 경험 가운데 가장 뿌리 깊은 기억의 층이 녹아 있게 된다. 그 기억의 지층에서 시인은 회상回想과 예기豫期를 동시에 치러내고 있는 것이다. 이정원 시인의 이번 시집은 그러한 서정시의 기율을 전형적으로 충족시키고 있는 범례인데, 그 가운데 우리는 그의 가장 직접적이고 소중한 가족들의 서사와 마주치게 된다. 평생을 살아오면서 가장 소중한 이들이 거기 선명한 영상으로, 혹은 "잊자 하면 잊힐까 봐 못 버리는 아픈 잔상殘像"(「바람으로 눕고 싶다」)으로 남아 있다. 먼저 부부로서 오래 살아온 인연에 대한 고마움의 정이 담겨 있는 시편이다.

단칼에 무를 베듯 연민을 뚝뚝 잘라
다시는 안 볼 듯이 질겅질겅 씹어 삼켰다
식탁 위 오가는 눈싸움 인두처럼 벌겋다

비익조 고운 인연 남은 생도 동행인데
손잡아도 아쉬운 삶 등 돌리고 살 것인가

그래도 화가 안 풀려 컴퓨터만 두들겼다

부부 십계명 중 맴맴 도는 열 번째 구절
"처음 연애하던 그때처럼 살아가라"
살며시 안방 문 열자 아내도 눈을 떴다.
—「부부」 전문

부부 싸움으로 한동안 연민마저 지워버리고 등을 돌렸지만 시인은 "비익조 고운 인연 남은 생도 동행"이라는 자각 끝에 "손잡아도 아쉬운 삶"에 새롭게 가 닿는다. '비익조'란 뛰어나고 훌륭한 외모를 지니고 있어도 혼자서는 절대 날 수 없는 새로서, 부부 사이가 좋은 것을 비유적으로 이르는 말이다. 시인은 그 고운 인연 속에서 "처음 연애하던 그때처럼 살아가라"는 계명을 인지하고 있었기 때문에 방문을 살며시 열어본다. 아내도 그 순간 상응相應의 눈을 뜬다. 아내도 그 계명을 알고 있었던 것이다. 결국 "부부의 연 맺는 것은 남은 반쪽 채우는 일"(「초심별곡初心別曲」)이 아니었던가. 그렇게 부부란 살아가면서 "가슴을 달랠 길 없어 퍼 올리는 눈물 한 줌"(「며느리밥풀꽃」)을 공유하면서도, 궁극적으로는 "달그림자 동행하는 / 거기 그리운 곳"(「간이역」)을 향해 함께 가는 존재가 아니었던가. 시인의 따뜻한 마음과 그것을 함께 나누면서 동행하는 아내의 상像이 미덥게 떠오른다. 그리고 다음으로 시인을 구성하고 있는 기억의 깊은 곳에는 '어머니'가 계신다.

한평생 내리사랑 속으로만 보듬으신

여섯 폭 치맛단에 굽이굽이 서린 설움

한 많고 고달픈 참회록 몰래 쓰던 어머니.
　―「정월에」 전문

"한평생 내리사랑"은 모든 어머니의 브랜드일 것이다. 시인의 어머니도 "속으로만 보듬으신" 생애를 가멸차게 남기셨다. 비록 "여섯 폭 치맛단에 굽이굽이 서린 설움"을 온 생애에 걸쳐 가지셨더라도 시인은 "한 많고 고달픈 참회록 몰래 쓰던" 그분의 삶을 기억하고 기념한다. '정월'이란 한 해가 시작하는 차가운 겨울인데, 훈훈하고도 아픈 어머니 생각에 이 시편은 정월을 따뜻하게 복원한다. 그 점에서 이 작품은 시인 스스로 쓰는 참회록이 아닐 수 없을 것이다. "어머니 긴

긴 여름 옹이 박힌 손바닥"(「보릿고개」)이나 "어머니 부지깽이 소리에 귀를 여는 동구 밖"(「고향집 생각」) 같은 기억은 얼마나 생생하고 아름다운가.

　두루 알려져 있듯이, 시간이란 누구에게나 공평하게 주어진 객관적 실체인 것 같지만, 사실 그것은 주체의 내면 안에서 지속되는 흐름으로만 경험되는 주관적 실체이다. 따라서 모든 사람은 자신만의 시간 경험을 가지고 있으며, 그것은 주체가 처해 있는 실존적이고 역사적인 상황에 의해 끊임없이 현재화된다. 그래서 시인들은 자신이 몸속에 새기고 있는 수많은 흔적들을 통해 시간의 불가역성不可逆性과 그것의 초극 욕망을 동시에 보여주게 된다. 그 가운데 가장 깊은 순간은, 아무래도 궁극적 소멸의 징후를 동반한 '죽음'의 시간일 것이다. 인간의 불행이나 고통을 극대화해서 보여주는 가장 분명한 사건이 '죽음'일 것이기 때문이다. 이처럼 '죽음'은 인간의 시간 경험 가운데 모든 관계를 단절하는 가장 선명한 지점으로 다가온다.

　　팽팽한 너의 끈을 풀어내는 마지막 밤

　　꼭 잡은 손일랑은 이제 놓고 살펴가라

111

해마다 찾아온 눈빛 이쯤에서 접으련다

생전에 못 따라준 술 한잔 받고 가라

대못으로 박혀 있는 숱한 그 시간들

내생에 다시 만나거든 술 한잔 따라주련.
　　　　　　　　　　　　　　　　　　　─「마지막 2월」전문

　오래도록 참척慘慽의 슬픔을 달래오던 시인은 스스로에게
'마지막 2월'을 선언한다. 차가운 겨울날 시인은 "팽팽한 너
의 끈을 풀어내는 마지막 밤"을 치른다. 꼭 잡았던 손을 이제
는 놓아주고 "해마다 찾아온 눈빛"도 여기서 멈추려는 것이
다. "대못으로 박혀 있는 숱한 그 시간들"도 흘려보내면서 마
지막 기억의 의식을 치르는 시인의 마음은, 비록 "애비도 천
륜이라서 솟구치는 피울음"(「백양로를 지나며」)을 항구적으로
지울 수는 없겠지만, 여기 이렇게 단단한 울음으로 "영원히
이십팔 세인 엘리제를"(「엘리제를 위하여」) 놓아 보내는 것이
다. 이는 아프고도 애잔한 결별이자, 영원한 젊음으로 그를

놓아두는 상징적 제의祭儀이기도 하다. 아내, 어머니, 그리고 마음속에 묻은 이름 석 자로 이렇게 가득 출렁이는 이번 시집은, 그 점에서 가장 아름다운 자기 확인으로서의 사랑의 고백록이라 할 것이다.

지금까지 우리가 읽어왔듯이, 이정원의 시조 미학은 시인 스스로 자신을 탐색하고 성찰하는 자기 확인의 속성을 강하게 띠고 있다. 그만큼 그의 시편들이 씌는 가장 근원적인 창작 동기는 일종의 자기 확인 욕망이라고 할 수 있다. 그의 시편들이 보여주는 남다른 자기 확인 욕망은, 보편적이고 근원적인 가치로 바라보는 '한 수 위'의 삶, 자연 사물의 아름다움, 원초적 사유와 감각, 가족들에 대한 사랑의 고백 등으로 나타난다. 이 모든 것이 자신이 돌아가야 할 '근원'에 대한 강렬한 회귀 의지를 구성하면서, 시인으로 하여금 "팽팽한 적막 속에 홀로 우는 밤의 원음"(「자판을 두드리며」)을 듣게끔 하고 있는 것이다. 그래서 우리는 이처럼 정형 양식 안에 근원적 가치와 사랑의 미학을 정성스레 담은 이정원 시편들이, 노경老境을 맞아가면서도 더욱 깊고 역동적인 세계를 일구어 가기를, 마음 깊이, 희원해보는 것이다.

얼레와 어금니

—

초판 1쇄 2015년 1월 15일
지은이 이정원
펴낸이 김영재
펴낸곳 책만드는집

—

주소 서울 마포구 양화로3길 99 4층 (121-887)
전화 3142-1585·6
팩스 336-8908
전자우편 chaekjip@naver.com
출판등록 1994년 1월 13일 제10-927호
ⓒ 이정원, 2015

—

—

ISBN 978-89-7944-505-3 (04810)
ISBN 978-89-7944-354-7 (세트)